노옹의 나라

김연동

1987년 〈경인일보〉 신춘문예 당선, 《시조문학》 천료, 《월간문학》 신인상 당선 등으로 등단했다. 시조집으로『저문 날의 構圖』『바다와 신발』『점묘하듯, 상감하듯』『시간의 흔적』『휘어지는 연습』『낙관』등이 있고, 사화집으로『다섯 빛깔의 언어 풍경』(5인 시조집)『80년대 시인들』(8인 시조집) 1, 2가 있다. 평론집으로『찔레꽃이 화사한 계절』, 시조 칼럼집『가슴에 젖은 한 수』등이 있다. 중앙시조대상 신인상, 성파시조문학상, 경남시조문학상, 마산시문화상, 경상남도문화상, 중앙시조대상, 경남문학상, 김달진지역문학상, 가람시조문학상, 이호우·이영도시조문학상, 토지문학제 하동문학상, 제3회 노산시조문학상, 올해의시조시인상(『낙관』) 등을 수상했고, 홍조근정훈장을 받았다. 김해여자중학교장, 경남교육연구정보원장, 인제대교육대학원 겸임교수 등 교직 생활을 했으며, 경남시조문학회 회장, 마산문인협회 회장, 경남문인협회 회장, 오늘의시조시인회의 의장 등을 역임했다. 현재 마산문인협회 고문, 경남문인협회 고문, 오늘의시조시인회의 고문, 한국시조시인협회 자문위원. 노산시조문학상 운영위원장으로 있다.
kyd9312@hanmail.net

노옹의 나라

—

초판 1쇄 2021년 7월 5일
지은이 김연동
펴낸이 김영재
펴낸곳 책만드는집

—

주소 서울 마포구 양화로3길 99, 4층 (04022)
전화 3142-1585·6
팩스 336-8908
전자우편 chaekjip@naver.com
출판등록 1994년 1월 13일 제10-927호
ⓒ 김연동, 2021

—

* 이 시집은 경남문화예술진흥기금 제작비 일부를 지원받았습니다.

—

ISBN 978-89-7944-765-1 (04810)
ISBN 978-89-7944-354-7 (세트)

책 만 드 는 집   시 인 선 1 7 2

노옹의 나라

김연동 시조집

책만드는집

　나에게 주신 길이 아직 남아 기쁘다 젊어진 무거운
짐 여기 다 내려놓고 길섶에 피었다 지는 꽃을 찾아
가야겠다

2021년 7월
김연동

| 차례 |

2부   노옹의 나라

3부 상소문을 쓰는 바다

4부   못다 쓴 편지

5부   낙화의 시간

1부

들꽃

꽃씨를 심다

채전을 가꾸다가 꽃밭 반 평 일구었다
상잔相殘의 겨레 가슴 꺾인 그리움이
천추千秋로 이어진 길섶
꽃씨 몇 줌 심었나니

그 꽃씨 심은 족족 싹이 트고 꽃이 필까
삶의 소리 눈물겨운 시장 골목 가면 알까
휘인 등 무거운 짐을
벗기 전에 가봐야지

굽은 길 비탈길이 힘에 부쳐 넘어져도
이 땅 한허리에 치욕으로 감겨 있는
저 철망 목멘 슬픔을
꽃을 피워 거둬야지

남천 南川*

키 큰 굴뚝들이 초병처럼 지켜 섰다
노을이 묻은 은발 바람에 흩날리며
지난 생 거슬러 가듯
남천을 따라간다

거닒길 언저리에 밝게 핀 민들레꽃
그 속내 짚어보면 정화淨化의 꽃자리라,
나 저리 누구를 위해
꽃이 된 적 있었던가

낮추어 흐르는 강, 가다 서다 돌아본다
저 강물 자정自淨하며 바다를 열고 가듯
덧칠한 화장 지우고
물같이 가야겠다

* 창원공단 사이를 흐르는 작은 강.

석양 길

석양을 등에 지고 낙관 찍듯 홀로 섰다
사랑이 눈을 뜨던 푸른 날 그리워서
눈 마중 피는 꽃들을 폰카에 담아 온다

길섶에 환한 꽃이 피고 또 지는 동안
날 선 식탁 위에 평화가 내려앉고
꽃향기 드리운 행간 설레는 꽃 피우리라

들꽃
─이상설 열사

북녘 땅 닫힌 하늘 굵은 바람 부나 보다
먼 바다 휘어 돌아 긴 시간을 날아가서
슬픈 강* 유해를 뿌린
그 마음 짚어 섰다

이 세상 어디엔들 꽃은 피고 진다지만
햇살이 퍼질 날만 손을 꼽아 기다리던
그 들꽃 무수히 피어
그리움을 키웠겠다

사람들 발길 끊겨 흔적마저 지워진 곳
소망도 얼어붙은 이 땅 많이 아팠구나
이제야 유허비 받든
하늘 뜻이 시리다

* 우리나라 여행객들이 부르는 '쑤이펀강'의 별칭.

16

촛불의 밑동

어둠을 밀어내는 해야! 밝은 해야!
무수히 찢어지고 헝클리는 우리 들녘
불 밝힌 촛불의 밑동 그 그늘도 비추시라

술 권하는 동네

소문을 안주 삼아 술잔이 돌고 돈다
눈물로, 미소로도 위로가 될 수 없는
그네들 구겨진 일상 술상 위에 나뒹군다

시퍼런 서슬들이 번뜩이는 술판 위에
살 에는 바람 소리 무겁게 내려앉아
빈 잔에 차고 넘치네, 술이 술을 부르네

헝클어진 술잔들이 킬킬킬 도는 동안
비상의 꿈도 접은 날개 꺾인 새가 되어
어디로 가야만 하나, 풀린 눈만 껌벅인다

이 어찌 능이리오

─ 전 구형왕릉傳仇衡王陵*

풀 한 포기 나지 않는 저주 내린 경내인 듯,
너덜 돌 얼기설기 함부로 놓은 듯한
이끼도 붙을 수 없는 돌무덤이 소슬하다

한 나라 지키지 못해 바치듯이 떠넘기고
왕업도 비루하다 속세 인연 끊어내고
화계 골 돌너덜 비탈 한恨 서린 생 마감했나

이 어찌 왕의 자취, 능이라 말하리오
천 하고 오백여 년 낙화이듯 말이 없이
스스로 죄인이 되어 수형하고 있는 걸까

* 가야 마지막 왕(제10대 구형왕)의 능이라 전하는 돌무덤.

그늘
-Me Too 그 뒤

언젠가 끄집어낼 주머니 속 송곳이었다
바투 잡은 손끝 위로 촛불 훅 지나간 뒤
흔들린 미궁의 시간 터널 속에 갇혀 있다

은밀히 귀 기울이면 속살까지 간지러운
월하의 그늘 아래 수작 걸던 비린 손들,
흐릿한 달빛에 젖은 바지춤이 타나 보다

마성의 붉은 입술 빨려 들까 두려운 길
비치면 소름 돋는 건너야 할 얼굴들로
푸른 숲 무거운 계절 생이 너무 아리다

투본강*을 읽다

피 흘린 상전相戰의 아픔 누구를 탓할 건가
물 따라 흐르는 배도 거슬러 가는 배도
말없이 띄워 보내며
내색하지 않는구나

기슭에 피는 꽃이, 새로 돋는 풀잎들이
환한 몸짓으로 눈인사를 건네지만
반기는 기색도 없이
묵언의 길을 가네

수난의 전철일랑 다시는 밟지 말자!
안팎에서 일어나는 삽상한 바람 소리,
아무런 표정도 없이
속울음 울고 가네

* 베트남 호이안을 흐르는 강.

특무상사
- 적송

주산지 푸른 물속 솔숲이 잠겨 있다
한 백 년 바람을 견딘 적송 몇 그루가
허기에 할퀴인 자국
꽃잎이듯 내보인다

죽음보다 더 무서운 주린 배 움켜쥐고
솔 껍질 벗겨 먹고 송진을 긁어 팔던
가난이 남긴 저 훈장
특무상사 계급장

그 또한 바람이라

잔잔한 물길 위에 마디 굵은 바람 분다 굽은 손에 이끌리어 추락으로 가는 맨발 줄지어 따라나서는 그 대오 두렵구나

날아온 돌팔매가 고요를 깨뜨리는 어둠이 지켜 선 골목 잦아진 기침 소리 바람을 나무라다가 그를 닮 아가나 보다

뜨락에 바람 자고 고요가 내려앉아 평온이 깃든다 해도 그 또한 바람이라 사는 게 그런 거라며 그렇게 들 가고 있다

모두 다 귀하시네

미증유의 바이러스 원혼처럼 떠돌지만
계절은 어김없이 눈 감은 듯 다가와서
보는 이 아무도 없는 꽃망울을 터뜨리네

돌 반지 빼어 들고 줄지어 손 내밀던,
속내의 벗어 들고 기름때 닦아내던,
그때 그, 뜨거운 손길 돌아보니 눈물이네

혜민서 후예들이 두려움도 뒤로한 채
괴질과 마주 서는 심장이 뜨거운 나라
그 마음 꽃으로 피네 모두 다 귀하시네

종이비행기

풍란 한 촉 찾아 나선
늙은 산양처럼

벼랑 끝 타고 넘는
위태로운 석양 길에

날려본 종이비행기
노을빛에 구겨진다

환한 봄꽃

질긴 어둠 끊어내고 빛을 찾아가셨을까
한 서린 슬픈 생을 눈물로 음각했던
저 깊은 엄마의 하늘 우러를 수 없습니다

풀잎같이 여린 마음 가슴앓이 얼마였나
천만근 보화로도 그 그늘 덮을 수 없고
그 누구 위로의 말도 당신께는 허사虛辭였네

살아생전 전설 되어 앞마당 올린 탑 돌
지금은 흩어지고 바람에 쓸려 가고
뜰 위에 환한 봄꽃이 그리움을 키웁니다

재다가 거두다가

너와 나의 거리
재다가 거두다가
닿지 못한 그리움을
멀거니 바라보다가
먼발치
구름에 덮인
섬 하나를 만들었네

2부

노옹의 나라

노옹의 나라

-우포

시간이 주름 잡힌 무언의 늪에 섰다
마름, 가시연꽃 속내인 양 띄워놓고
물안개 피워 올리는 그윽한 아침의 나라

어느 곳이 수렁이고 가장자리 어디인가
설한雪寒도 품어 안은 여백으로 쌓인 고요
때 묻은 영혼을 위한 소통의 밀어인가

풀어야 할 매듭들을 아는 듯 모르는 듯
속세에 등을 돌린 노옹의 손끝으로
행간도 쉼표도 없는 서사시를 쓰고 있다

풀꽃

작은 풀꽃들의 가는 몸짓 바라보다
허리를 구부리고 눈높이 맞춰가며
밀어蜜語를 속삭이듯이
눈빛을 건네보네

노루귀 참별꽃이 수줍게 고개 들고
시든 내 얼굴도 꽃인 듯 쳐다보는
티 없이 해맑은 미소
한나절을 들뜨네

운성隕星

저 찰나 궁극의 언어 눈부신 은유를 보라

깊은 어둠 자아 올려 뽑아낸 빛 한 가닥

일 획의 절명시 한 편, 고독의 끝을 보네

소리꾼
─유성준*·이선유*

강은 산을 안고 산은 사람을 품고
저 물빛 산빛 같은 소리꾼 그 소리로
어두운 세속 뒷길을 어깨 겯고 걸어갔네

한 삭히고 애끓이며 울고 웃던 노래 마당
허리 가는 사람들이 그 가락에 몸을 풀고
기막힌 숨길을 돌려 뒤척이다 일어섰네

달빛 젖은 신화 같은 두 명창 푸른 소리
만 갈래 물결 위에 은어처럼 튀어 올라
천추를 돌고 또 돌아 눈물 짚어주리라

* 하동 악양에서 같은 해 태어나 같은 해 영면(1873-1949)한 동편제
5대 명창.

가파도

바다는 다그치듯 파도 소리 흩뿌린다
오마던 소식 끊긴 뱃머리에 눌러앉아
허전한 사람들끼리
등 기대고 있나니

키 낮은 돌담 너머 제물이듯 바쳐 올린
청보리 이랑이랑 해미가 밀려오면
그 고독, 매운 칼질에
동백꽃도 지던가

절연의 몸서리로 웃자란 그리움이
날 선 너울처럼 밀려왔다 쓸려 가는
바람벽 찬 가슴 위에
유채꽃을 피우네

별난 꽃

-손자

눈이 부시도록 별난 꽃이 피었습니다

그저 바라만 봐도 천지를 다 안은 듯

내 정원 가장자리가

금빛으로 출렁입니다

개펄 삽화

칠십 평생 발을 묶은 개펄로 나가신다
잠시도 접을 수 없는 멀어지는 꿈을 좇아
그 아린 삶을 박차듯 뻘배를 밀고 간다

"뻘배는 잘 타지만 눈이 까막눈이오"
가난의 비탈에서 글눈을 뜨지 못해
한이 된 고달픈 생을 펄에 묻은 할머니,

손녀가 써준 이름 상머리에 펼쳐놓고
허리를 구부리고 연필을 깎아보지만
그 글눈, 못이 된 영혼 치유할 수 있을까

여로旅路

침침한 두 눈 앞에 황혼 빛이 흔들린다
행복과 불행 너머 미움과 사랑도 건넌
적막한 생의 길 위로
낙엽이 쓸려 간다

가슴속 꺼내보는 굴곡진 흔적들을
펴다가 거두다가 이리저리 굴려봐도
종장이 틀어진 시편
여백 없는 행간 같다

토론토를 지나며

눈발 휘날리는 겨울 같은 오월이다
푸른 잎의 천국 뉴욕을 뒤로한 채
겨울로, 겨울로 가는
역설의 계절이다

마른 가지마다 새눈 튼 푸른 잎들
오롯이 담아 가려 눈을 크게 뜨는 사이
망망한 온타리오 호수
넋을 앗아버리네

무진장 버려진 들, 대륙의 거친 잔해
두어 시간 더 달리면 천섬이 있다지만
적멸의 어름에 선 듯
차창 밖은 미궁이다

오리
― 봉암수원지

선홍빛 물갈퀴로 신의 계시 적나 보다

저 말간 물빛같이 몸 헹구고 싶다마는

세속에 때 묻은 맨발 내밀 수가 없구나

파란곡절 波瀾曲折

물 아래 가라앉은 수천 톤 세월호도
절연한 지상의 소리, 비탄의 호명 앞에
그 악연 고리를 끊고 노여움을 풀었을까

한 치 앞 분간 못 한 뒤늦은 참회의 눈물
'보고 싶다, 떠올라라' 간절한 바람으로
옭아맨 사슬을 풀고 뭍으로 돌아왔네

선체의 무게보다 두꺼운 불신의 벽
평화의 광장 위에 남김없이 드러내고
다시는 얽매지 말자 등을 닦고 있구나

안경

먼 곳 가까운 곳이 뿌연 안갯속이다
써도 흐릿하고 벗으면 막막하다
아마도 순명의 말씀
받들라는 신호 같다

어디선가 들려오는 저음의 호명 소리
하늘을 쳐다보며 고개를 내젓다가
둘러선 어둠 지우듯
안경을 닦고 있다

광주댁*

북녘 하늘 그리다가 시드는 한 송이 꽃
피난민 수용소에 잠시 머문 인연으로
물설고 낯설던 '광주'
택호라며 살아가네

꽃다운 열일곱 살 위장의 쪽을 짓고
피난의 대열에 끼어 철원 땅을 떠나던 날
눈물도 모서리 닳은
피눈물을 흘렸다네

복사꽃 환한 담장 그려지지 않는 고향,
익숙한 광주댁으로 마냥 살다 가야 하나
혼백이 찾아가는 길
그도 막아설 것인가

* 광주댁 할머니(91세)는 철원이 고향이다. 광주 피난민 수용소에 잠
깐 머문 사이 정전이 되어 오늘도 북녘 하늘만 바라보고 있다.

공룡시장*

산 깊고 물이 좋은 소가야 장이 섰다
싱그러운 푸성귀에 즐비한 해산물들
부산한 삶의 소리가
주검도 깨우겠다

수만의 공룡들이 걸어간 흔적같이
줄 이은 좌판 위에 늘어놓은 먹거리들
백악기 사우루스가
토주 한잔 드시라네

* 경남 고성의 오일장.

3부

상소문을 쓰는 바다

면벽

부서져 흩어지던 삭은 종소리가
벽면에 흘려 쓰는 흐릿한 희망 한 줄
다 식은 가슴 위에도
온기를 돌게 할까

숨어 살던 비밀문서 굴비처럼 엮어내어
시위하듯 펼쳐 드는 어눌한 저 몸짓들
또 다른 뒤끝이 될라
돌아앉지 못하겠네

혀

꽃꽃이 날 세우면 피 부르는 검이 되고

구부리고 조아리면 진언도 변절인가

내 창을 흔드는 바람

바라만 보고 있네

상소문을 쓰는 바다
− 간절곶

새날 새 빛으로 어둠을 지우는 곳串
내 마음 네 숨결이 한데 얼려 출렁이는
간절한 은빛 말 부림 화엄의 진경이네

신생의 붉은 해가 떠오르는 언덕배기
때 없이 바람 일어 어지러운 풀밭 위에
뉘라서 신명을 돋워 춤추게 할 것인가

이 뜨락 짙게 덥힌 해무는 또 어쩔 거며
길 위에 널린 상흔 그 누가 치유할까
날 세운 파도는 연일 상소문을 쓰나 보네

새우

고래 싸우다가
새우 등 터진다고

새우 놀리다가
고래 등에 금 간다고

푸른 집
접시에 올린
독도새우
한 마리

그날

어두운 늪 가장자리 탐욕의 발톱 자국,
피 부른 바람 속에 도포 자락 펄럭이던
왕방연 눈물의 은유
바윗돌로 놓였네

살의의 회오리 속 칼끝을 비키지 못해
눈 감으면 몰려오는 죽음도 건너지 못해
핏줄로 엮은 올가미
속절없이 받았구나

금표비禁標碑 이를 지켜 증언하고 있다지만
하늘도 눈을 감고 삼켜버린 아린 시간
그 파란 청령포 위에
노을빛만 흔들리네

오월

무거운 이마 위로
푸른 숲 은혜롭다

때 절은 바람결에
피는 꽃도 눈물겹지만

꽃 같은 젊은이들이
이방인처럼 낯설다

다시 보고 싶다

−판문점

줄넘기 놀이보다 더 쉽게 넘는구나
아무 일 없다는 듯 손잡고 오고 가는
그 화면 보고 또 봐도
다시 보고 싶구나

일순간 붙은 불씨 들불처럼 타올라서
진달래 꽃빛으로 강토를 덮었지만
풀고 또, 가야 할 길이
아직은 먼 듯하다

역사의 겉과 속에 먹빛 그늘 걷어내고
미움과 두려움도 내려놓고 가야 하는
견고한 고르디아스의 매듭
그 누가 잘라낼까

장벽

금 가고 틈이 나면 그것은 눈짓이다

바람이 왔다 가고 햇볕도 들다 가고,

마음을 열고 싶다는 열망의 손짓이다

절규*

길 위에 봄꽃들이 피었다가 지워졌다
뭉크의 절규처럼 일그러진 얼굴들이
회오리 붉은 바람에 휘감기고 쓰러지네

전율을 느끼면서 눈빛은 꺾어지고
이어진 길이란 길 뚝뚝 끊어지고
참담한 생사의 경계 마스크도 위태롭다

다잡고 죄어가는 거리두기 방어 전선,
조심스레 발 내밀며 두려움에 떠는 동안
저만치 멀어진 사람들 따뜻한 손 그립다

* 뭉크의 그림.

낙화

불같은 그리움을 태우고 사른 뒤에

빗금을 치고 가는 일순의 마감이다

스스로 칼을 휘두른 냉엄한 결별이다

수레바퀴

기울어진 공정 앞에 구호만 펄럭이고
과정도 정의로움도 흔들리고 있나니
결과는 조국肇國이더냐 올 것이 온 것이냐

전쟁보다 더 무서운 이 몹쓸 수레바퀴
광화문 거리 위에 이대로 무너지나
칼보다 무서운 눈빛 죽창 들고 서는 거냐

황혼 근처

다른 일에 뜻이 없는 남편이 측은한지
휜 등 구부리고 신작 시편 살피다가
가슴이 시려온다며
돌아앉아 한숨이다

걱정이 많은 사람, 믿음 한번 준 것일까
오늘따라 뒤태 고운 내자와 동행이라니
한소끔 끓인 햇살이
야윈 등을 쓸고 간다

봉암 갯벌

썰물의 뒤끝 같은 갯벌이 드러나면
몸 푸는 칠게 놈들 전쟁놀이 시작된다
돌아온 말똥게들도
말똥말똥 반갑구나

저어새 휘젓고 가는 부리 끝에 이는 바람
마산만 편서풍도 포구로 끌고 와서
철새들 안긴 그 품을
위무하듯 지나가네

힐끔힐끔 돌아보는 알락꼬리 도요새가
용케도 잡아 올린 갯지렁이 물고 가는
부리 끝 생사의 노정露呈
먹이사슬 읽다 가네

적막강산
- 장전수련원에서

흰 구름 검은 구름
일었다가 쓸려 가고

수만 겹 벽을 치는
풀무치 울음소리

먼 사가私家
도마질 소리,
귀를 막고
눈을 감네

4부
못다 쓴 편지

못다 쓴 편지

근원이 짐작되는 적조가 몰려온다
때 없이 다가오는 절망에도 일어섰던
길 위의 선한 눈빛들
두려움에 떨고 있네

저무는 언덕길이 노을빛에 젖는 시간
빛깔이 의심되는 적폐가 된 사념邪念들로
갈가리 찢어진 강안
들춰보면 상흔이다

정의도 불의 같고 공정도 비정枇政 같은
구두선 떠다니는 피 흘리는 일력 위에
가슴이 터질 것 같은
붙임말을 못다 썼네

붉은 이름

치마폭에 받아넘긴 모진 날들 얼맙니까
저리고 아린 가슴 눈물을 훔치시다
"사는 게 미안하다"는
그 말씀 못입니다

열다섯 시집와서 여든 해를 넘긴 지금
"외로이 지킨 병상 떠나고 싶다"시며
천만근 삶의 무게를
힘겨워하십니다

저리도 애절한 삶 소쩍새 울음 같아
엄마, 우리 엄마 붉은 이름 불러보면
"다 그리 사는 거지 뭐"
고개 가만 돌립니다

가을 한때

가난에 물러터진 옆구리가 허전하다
쓸고 불고 닦아내도 지울 수 없는 흔적
얼마를 더 비워야만
단풍같이 물이 들까

하늘 닿은 은행나무 노란 잎 뿌려놓은
반쯤 허물어진 옛길을 밟아 가면
스치는 지난 시간들 아득한 꿈만 같다

붉은 담쟁이 넌출 창문을 두드린다
파도처럼 일어나는 잊었던 발자국 소리
만 리 밖 요한 슈트라우스
다뉴브 물결 인다

당항포

잔물결 이는 바다 위장한 평화 같다
금 간 역사 속에 지울 수 없는 조총 소리
공룡들 발자국마다
화약 냄새 고여 있다

들물 날물 드나들어 깊게 긁힌 시간 속에
피의 흔적 나의 족적 지워진다 할지라도
드리운 검은 그 그늘
닦아낼 수 없구나

푸른 생각 날끼을 쥐고

껍질 벗은 애벌레가
비상을 꿈꾸듯이

꽃 속의 꽃을 보며
한나절을 뒤척인다

망막한
사유의 정글
푸른 생각
날을 쥐고

맑음과 흐림
– 한강*

1.

사랑의 등을 밝힌 다낭의 강변에서는
용머리로 물을 뿜어 열기를 닦아내고
피 흘린 민족의 비사悲史
새로 쓰고 있나니

2.

이리 떼 할퀸 자국 못다 지운 한강 변엔
거품을 내뿜으며 이전투구 한창이라
희망이 등을 돌린 채
촛불 다시 흔들린다

* 다낭에도 서울에도 동족상잔의 상징 같은 '한강'이 있다.

도깨비바늘꽃

음모를 금장으로
감쪽같이 감췄다니

눈부신 꽃잎으로
가시 발톱 가렸다니

저 위장,
화사한 술수

소름 돋는
유전자

서생 산성

산비탈 오르막길 파발마가 달려간다
쓰러진 병사들의 피의 흔적 다시 살아
말 달린 발자국마다 화약 냄새 다시 핀다

큰 바다 너울 일어 또다시 덮쳐오면
짓밟힌 그때 그 땅끝 절망을 흔들어서
끊어진 시위를 잇고 잠든 피도 깨우리라

야자수 그늘 아래

– 푸껫 사람들

교교皎皎한 달빛 서린 역사의 창을 열고
하늘빛 푸른 물빛 땅의 이력 짚어보네
누구도 넘보지 못한
자존의 뼈 쓸어보네

오래된 왕관 밑을 선점한 이방인들,
잇속대로 그려가는 틀어진 구도 아래
등뼈는 구부러지고
실금이 가나 보다

길들여진 노동으로 부지해 온 그들 생이
흔들리는 길 위에서 주머니를 채우는 시간
지친 혼 어루만지듯
젖은 바람 불다 가네

에이란 쿠르디

세 살배기 쿠르디가 난민으로 떠돌다가
간절한 기도 올리듯 모래에 혀를 박은 채
차가운 시신이 되어 해변으로 밀려왔다

"아빠는 내 손 놓고 먼 나라로 가셨어요"
"아빠가 계신 그곳 나도 따라갈래요"
신에게 뻗었던 손을 죽음으로 거둬 갔다

주산지

잡목 사이 우뚝우뚝 적송들이 지켜 섰다
청옥빛 물그림자 겹겹이 접은 채로
가난에 할퀴인 자국 계급장이 되었구나

물안개 피어나는 선계이듯 푸른 수면
왕버들 고요 속에 장승처럼 박혀 있는
나그네 발 디딘 세속, 눈 닦으니 선경이네

고불매 古佛梅

백양사 가는 길섶 단풍에 물든 이들

암향이 아직 남은 고불매 가지 끝에

목이 긴 보살이 되어 울긋불긋 열렸다

마지막 외출
− 우포 시화전

목이 가는 노시인이 시화 앞을 서성인다
마지막이 될 것 같은 각별한 걸음이라며,
내걸린 자작시를 보며 마른입을 다신다

흐린 늪 물 위에 가시연을 그려보다가
하늘 한번 쳐다보고 만년 늪 굽어보는
휘인 등 받든 시간이 왠지 너무 무겁다

공원의 침묵
－괴질

푸른 숲의 침묵, 왜 이리 두려운가
붐비던 발걸음도 베어낸 듯 끊어졌다
말문을 걸어 잠그고 외로운 길만 섰다

예이류 공원野柳地質公園

바람과 신의 햇살,
소금기로 빚어놓은

여왕도 공주도 닮은
저 풍화風化 걸작들이

만상을
조롱하듯이
신비롭게
피어나네

5부

낙화의 시간

낙화의 시간

잔가지 피는 꽃들 바람에 흔들린다
아마도 낙화의 시간 다가오고 있나 보다
살 에는 아픔도 없이 그냥 물러서겠는가

가야 할 남은 길에 아쉬움 앞서지만
고뿔의 흔적 같은 마른기침 하다가도
무거운 삶을 받쳐온 신발 끈 다시 쥔다

거닐길
−창원천

지난 상흔 지우듯이 풀빛으로 물들었다
마른 냇가 거닐 길섶 늘어선 코스모스
가을빛 환하게 피워 오가는 눈을 끄네

우리 언제 발 담그고 눈빛 한번 나눴던가
찌든 맘 맑게 씻고 깨끗이 닦아야 할
초록이 어우러진 강안 다시 볼 날 오겠구나

웬만큼 맑아진 물 은어가 돌아오고
눈부시게 날개 펴는 귀빈 같은 철새들이
천변의 긁힌 생채기 위로하듯 돌다 가네

타이완

성치 못한 혈육 두고
집 나온 아낙처럼,

그 섬나라 돌아보면
가슴이 짠해온다

내 설움 북받쳐 올라
목이 부어오른다

엄마의 성城

어느 강굽이에 이런 생이 있었을까 어느 언덕 위에
이런 성이 또 있을까 당신이 받든 하늘은 언제나 잿
빛이었다

치마폭 다 닳도록 핏줄 받아 추스르며 한 남편 두
아내가 엮어낸 시집살이 뼈 깎는 구십칠 년을 어찌
다 이르리까

창밖에 눈을 돌려 애먼 기침 하시다가 증손의 손을
당겨 가만히 쥐시고는 "언제 또 보겠느냐"며 애써 미
소 지으신다

생솔 타는 연기보다 더 맵고 아리다던, 헝클린 머
리맡에 뜨는 해도 어둠이던, 그 성 안 이고 진 시간
풀 수 없는 짐이었나

바람이 시린 날은
ㅡ섬진강

가만히 불러만 봐도 심장이 저려온다 세속 차가운 길 맨발로 걸을 때는 내 가슴 늑골 사이로 은어 떼가 일었다

조용히 눈을 감으면 흰 구름 흐르는 강, 파란 강변을 걷던 유년의 잠을 깨워 아홉 문 신발을 꺼내 그곳으로 가고 싶다

살며시 귀를 열고 그 물소리 들어보면, 포구에 허기진 땅 가슴앓이 다독이다 은물결 반짝거리며 뼛속까지 지쳐오네

누군들 마음속에 강 하나쯤 없을까만 분단의 비사悲史까지 품어 안은 물길이여! 다 닳은 그리움으로 물수제비뜨고 있네

해피 바이러스

1.

누구도 범접 못 할 사진 한 장 걸려 있다
혈육 없는 애들처럼 허전한 배경으로
손자 넷 애교 띤 표정 덩그렇게 앉았다

2.

낙엽만 떨어져도 쓸쓸함이 몰려오고
바람이 앞장서는 현관을 들어서면
우르르 달려 나와서 안길 것만 같구나

영실

1.
신이 빚어놓은 병풍바위 안쪽으로
구름발 몰려와서 몸 헹구는 비경 앞에
세속에 절은 내 영혼
눈을 둘 수 없구나

2.
바람은 등에 져야 피할 수 있다는 듯
능선의 주목들이 휜 등뼈 수그리고
신도가 기도문 외듯
신의 거처 지켜 섰다

3.
위태로운 걸음마다 부축의 손 있었던가
새로이 혈이 도는 뜨거운 발부리에
하마 온 눈 덮인 봄이
노루귀를 피워 문다

어쩌면 숙명

오래된 청자 보듯 그냥 바라 섰던 것이
큐피드의 화살처럼 느닷없이 날아와서
일순간 혈관을 타고 전신으로 번져갔다

시리고 비린 삶을 돌아보는 내리막길
연초록 새순 같은 그리움의 싹은 자라
등 뒤에 적막이 한 채 덩그렇게 걸려 있다

살 에고 뼈 깎으며 혼자서 걸어왔던,
어쩌면 숙명이고 지난至難한 일이지만
이 길이 나의 삶이라 끝 날까지 가야겠다

착륙
– 케네디 공항

꿈속에 그리던 나라 발아래 드러난다
멋진 청바지 입은 근육질 건각들이
총 끝에 불을 뿜으면
죽을 놈만 죽는 나라

은비늘 반짝이며 튀어 오른 갈치처럼
치켜든 정의의 깃발 드센 사람 사는 나라
썰렁한 옆구리 쓸며
바지춤을 추스른다

고려동*

청자 그 살빛 같은 하늘 자락 걸린 동네

적요 한 장 내려와서 전신을 휘어 감는

시린 날 푸른 하늘 밑

낙엽 한 장 주워보네

"벼슬을 하지 말라, 신주를 옮기지 말라"

이오 선생 남긴 말씀 육백 년 지킨 뜨락,

무수한 비바람 품은

큰 섬으로 앉았구나

* 함안군 산인면에 있는, 고려 유민이 살고 있는 마을.

솔제니친
– 혁명의 광장에서

가슴속엔 펜 한 자루 등에는 바람 한 짐

이념의 벼리를 쥐고 동토를 흔들었던

붉은 피 식지 않는 심장

박동 소리 듣고 있다

낭만포차

낭만포차 불빛들을 주렴처럼 늘어놓은,
꿈속 환영 같은 눈에 젖은 그 밤바다
잔잔한 은물결 일어 턱밑까지 지쳐오네

흑단같이 야문 생각도 한잔 술에 흔들리고
연가 속 다시 눈뜨는 분홍빛 마음이여!
에굽은 생의 한 순간 낭만포차 타고 가네

짜오프라야강

역린을 건드린 듯 뛰고 솟는 케이팝이
감당 못 할 에너지를 물길 위에 마구 푼다
호기심, 사랑의 눈빛
물무늬로 반짝인다

환각의 불빛으로 보호색 걸친 듯한
방콕의 제일 야경 밤의 향연 휘황하다
한 순배 강굽이 돌면
나락 같은 지상이다

맥박이 뛰는 아침

미명의 새벽하늘 구름발이 무성하다
넝마처럼 찢어지고 갈라진 층계 위로
더운 피 맥박이 뛰는 아침은 올 것인가

측은한 생의 시간 파란 그리움을
제물처럼 쌓아놓은 문안과 문밖에는
희망의 날을 벼리고 담금질하나 보다

아득히 멀어지던 부서진 종소리가
앞마당 뒤뜰 위에 아침을 열고 오면
저 북녘 굵은 바람도 선한 잠을 청하리라

우포늪과 노옹 그리고 시와 시인
사이의 경계를 넘어
– 김연동 시인의 시집 『노옹의 나라』와
진정한 시적 인식의 조건

장경렬 서울대 영문과 명예교수

起起, '노옹의 나라'를 찾아서

김연동 시인의 시집 원고를 받아 들었을 때 무엇보다 나를 기껍게 한 것은 시집의 제목이었다. "노옹老翁의 나라"라는 시집의 제목이 주는 친근하고 평온한 느낌이 예사롭지 않았기 때문이다. 그런 느낌은 어디서 비롯된 것일까. 김연동 시인이나 나나 이제 '노옹'이라는 칭호가 어색하지 않기 때문일까. 그것이 이유일 수는 없다. 나야 어떨지 몰라도, 김연동 시인은 나에게 노옹이라는 느낌을 준 적도 없고, 나 또한 그로부터 그런 느낌을 받은 적도 없기 때문이다. 그는 항상 나이를 뛰어넘어 세상 곳곳을 향해 적극적인 눈길을 주는 시인, 마음이 어떤 젊은 시인 못지않게 살아 있는 시인이기 때문이다.

그렇다면, 내가 느낀 친근감과 평온감은 어디서 비롯된 것일까. 이는 무엇보다 "노옹의 나라"라는 표현이 나에게 아일랜드의 시인 윌리엄 버틀러 예이츠William Butler Yeats의 시구절을 떠올리게 했기 때문이다. 「비잔티움으로의 항해」("Sailing to Byzantium")라는 시에서 예이츠는 다음과 같이 노래한다.

거기는 노인들의 나라가 아니오. 서로를/ 껴안은 젊은이들과 나무 위의 새들이,/ 그 모든 죽어가는 생명체들이 노래하는 곳은./ 잉태되고 태어나 죽음을 맞이하는 그 모든 것을/ 폭포를 이룬 연어 떼와 들끓어 바다를 이룬 고등어 떼가,/ 물고기, 짐승, 새들이 여름 내내 찬미하는 곳은./ 그처럼 감각적인 음악에 사로잡혀 모두가/ 늙지 않는 지성의 기념비를 무시하는 곳은.(윌리엄 버틀러 예이츠, 「비잔티움으로의 항해」 제1연)

"거기는 노인들의 나라가 아니"라니? 시의 제목에 나오는 "비잔티움"을 말하는 것일까. 아니다, 실제로든 상상으로든 비잔티움을 향해 항해하는 시적 화자가 떠나온 곳을 말한다. 말하자면, 아일랜드든 어디든 시간의 지배를 받는 세계, "[시간의 흐름과 함께] 잉태되고 태어나 죽음을 맞이하는 그 모든 것"이 생명을 찬미하는 그런 세계를 말한다. "노인들의 나라"는 그와 같은 '시간의 세계'를 초월하여 존재하는 곳, 그러니까 시인이 향하고 있는 "과거와 현재와 다가올 미래"를 노래하는 "황금 가지 위"의 황금 새와 같은 "영원한 예술품the artifice of eternity"으로 인간의 존재가 승화될 수 있는 세계 – 즉, 인간의 삶이 영원한 예술과 분리되지 않은 채 조화를 이루고 있는 이상 세계理想世界 – 로서의 "성스러운 도시 비잔티움the holy city of Byzantium"이다. 그곳이 "노인"임을 자각하던 예이츠가 갈망하던 "노인들의 나라"인 것이다. (참고로, 이 시가 창작된 해는 1926년으로, 예이츠의 나이가 60세 또는 61세일 때였다.) 바로 이 시구절이 언뜻 떠올랐기에 "노옹의 나라"라는 표현과 마주하자 친근감이 들었던 것이다. 아울러, 예이츠가 꿈꾸던 세계인 순간의 애증과 환희와 고통 속에 이어지는 인간의 삶을 초월한 세계, 모든 것이 예술품처럼 조화롭고 아름다우며 영원한 세계를 마음속에 떠올리는 가운데, 그리고 내 자신이 그 세계의 일원이 되어 있기라도 한 양 상상의 날개를 펼치는 가운데, 나이를 잊은 나에게 평온한 느낌이 찾아왔던 것이리라.

"노옹의 나라"라는 시집의 제목을 보며 생각했다. 혹시 시인이 예이츠의 시에서 영감을 얻은 것일까. 그런 의문 때문에 시집 원고를 받고 무엇보다 먼저 찾아 읽은 작품이 이번 시집의 제2부에 수록된 동일 제목의 시「노옹의 나라」였다. 하지만 제목만 예이츠의 시를 떠올리게 할 뿐 작품 어디서도 예이츠의 흔적이 감지되지 않는다. 그래도 노파심에 시인에게 전화로 물었다, "아일랜드의 시인 예이츠의 작품 가운데 읽어본 것이 있나요?"라고. 시인의 대답은 이러했다. "예이츠라니요? 아, 그의「이니스프리의 호도湖島」가 고등학교 교과서에 나왔던 것이 기억나네. 부끄럽지만, 그 외에 읽어본 것이 없네요." 시인의 말에 나는 더욱 기꺼워하지 않을 수 없었으니, 유사한 시적 이미지가 100년의 세월을 건너뛰어 한국의 한 시조시인의 상상력에서 일깨워진 것이다! 그렇다면, 김연동 시인이 말하는 "노옹의 나라"는 어떤 세계일까. 이 시를 함께 읽기로 하자.

시간이 주름 잡힌 무언의 늪에 섰다
마름, 가시연꽃 속내인 양 띄워놓고
물안개 피워 올리는 그윽한 아침의 나라

어느 곳이 수렁이고 가장자리 어디인가
설한雪寒도 품어 안은 여백으로 쌓인 고요
때 묻은 영혼을 위한 소통의 밀어인가

풀어야 할 매듭들을 아는 듯 모르는 듯
속세에 등을 돌린 노옹의 손끝으로
행간도 쉼표도 없는 서사시를 쓰고 있다
　－「노옹의 나라 － 우포」 전문

　세 수로 이루어진 연시조 형태의 이 작품의 부제를 통
해 우리는 시인이 경남 창녕군의 우포늪을 "노옹의 나라"
에 비유하고 있음을 알 수 있다. 말하자면, 예이츠가 상상
한 이상적인 예술 세계로서의 비잔티움과는 근본적으로
다른 곳이다. 즉, 예이츠의 마음이 인위적 예술 세계로서
의 비잔티움을 향하고 있다면, 김연동 시인의 마음은 자
연의 신비를 간직한 우포늪을 향하고 있는 것이다. 하지
만, 예이츠가 그러했듯, 김연동 시인의 마음을 사로잡는
것은 대상 세계의 영원성이다. "시간이 주름 잡힌 무언의
늪"이란 곧 '과거와 현재와 다가올 미래'가 동시에 존재하
는 세계를 암시하는 것일 수 있다. 이와 관련하여, '시간

이 주름 잡히다' 함은 '선적線的'으로 진행되는 시간이 접힘으로써 과거가 현재와 만나고 현재가 또한 미래와 만나는 세계 – 말하자면, 시간의 선적 질서가 무의미해지거나 초월된 세계 – 를 암시하는 것으로 이해될 수 있다는 점에서, 시간의 주름이 잡힌 세계란 시간을 초월한 영원의 세계를 지시한 것일 수 있음에 유의하기 바란다. 시인의 상상 속에서 우포늪이 바로 그런 세계인 것이다.

하지만 우포늪은 물리적 실체로서의 자연이기도 하다. 이를 시인은 "마름, 가시연꽃 속내인 양 띄워놓고/ 물안개 피워 올리는 그윽한 아침의 나라"로 묘사하고 있거니와, 이때 시인이 눈길을 건네는 "마름"과 "가시연꽃"과 "물안개"는 인간의 눈에 모습을 언뜻 드러낸 '신비롭고도 영원한 자연'의 극히 일부에 해당하는 것이라고 할 수 있다. 아무튼, 자연은 이처럼 우리에게 자신의 일부를 언뜻 드러내 보이지만, 자연 자체는 결코 "속내"를 알 수 없는 것, 말 그대로 '무한한 신비'다. 시인은 헤아림이 불가능한 자연의 신비와 마주하고 있음을 암시하듯, '속내를 띄워놓고' 대신 "속내인 양 띄워놓고"라는 표현을 동원하고 있다. 따지고 보면, 자연의 영원함과 신비를 드러낼 듯 감추고 감출 듯 드러내되 더할 수 없이 깊이 간직하고 있는 곳이 '늪'이라는 사실에 동의하지 않을 사람은 없을 것이다.

김연동 시인이 바로 이 점을 '우포늪'을 통해 꿰뚫어 보고 있음을 암시하는 것이 「노옹의 나라」의 첫째 수다.

둘째 수에 이르러, 시인은 인간의 눈에 비친 가시적인 자연 세계로서의 우포늪의 신비를 짚어본다. 즉, "어느 곳이 수렁이고 가장자리 어디인가"를 가늠해 보지만, "설한도 품어 안은 여백으로 쌓인 고요"로 인해 그에게는 이를 확인할 길이 없다. 말하자면, 시인은 '언뜻 드러난 가시적인 세계로서의 자연'인 우포늪에 다가가 그 신비를 가늠해 보지만, 그마저도 자연은 허락하지 않는 것이다. 하지만 자연과의 만남이 아주 불가능한 것이 아닌데, 시인은 우포늪이 전하는 "무언"에 마음의 문을 연다. 아울러, 인간 세상의 홍진紅塵에 "때 묻은 영혼"이지만 시인은 우포늪의 "무언"과 "고요"에서 "소통의 밀어"를 감지한다. 어찌 보면, 영원하고 신비로운 자연과 "소통의 밀어"를 나누고 이를 다시 인간들에게 전하는 것이 이른바 시인의 역할이리라.

셋째 수에 이르러, 시인은 "소통의 밀어"에 이끌려 우포늪이 "풀어야 할 매듭들을 아는 듯 모르는 듯" 쓰는 "행간도 쉼표도 없는 서사시"에 마음의 귀를 향한다. 우포늪으로 상징되는 신비로운 영원한 자연이 쓰는 "서사시"에 마음의 귀를 기울이는 시인 김연동의 모습을 상상하다 보면, 그리스의 철학자 플로티노스의 다음과 같은 조언을 떠올리지 않을 수 없다.

누군가가 자연에게 어떻게 움직이는가를 물었을 때, 자비롭게도 자연이 이 물음에 대답해 온다면 그 답변은 다음과 같을 것이다. 질문으로 나를 괴롭히지 말지어다. 심지어 내 자신이 침묵 속에 있으면서 말없이 움직이고 있듯 다만 침묵 속에서 이해할지어다.

자신의 『문학 전기』(*Biographia Literaria*)에서 이 말을 인용하면서 영국의 비평가 새뮤얼 테일러 코울리지Samuel Taylor Coleridge는 "질문으로 [자연을] 괴롭히지 말"고 "[자연이] 침묵 속에 있으면서 말없이 움직이고 있듯 다만 침묵 속에서 이해"하는 것 – 요컨대, 그 어떤 의혹과 의문도 마음에서 비운 채, 빈 마음으로 자연에 다가가는 것 – 이야말로 "최고의 직관적 인식"의 경지로 규정하고 있거니와, 영원한 신비를 간직한 자연으로서의 우포늪을 향해 몸과 마음의 눈과 귀를 향하고 있는 시인의 모습에서 우리가 감지할 수 있는 것은 플로티노스의 충고와 관계없이 이를 이미 체득한 이른바 현자의 마음이 아닐지?

요컨대, 김연동 시인은 우포늪의 신비를 파헤치기 위

해 "마름"과 "가시연꽃"과 "물안개"를 헤치고 늪 속으로 들어가 어디가 수렁이고 어디가 가장자리인지를 탐사하는 과학자나 측량기사의 마음을 지닌 사람이 아니다. 그는 다만 "무언"과 "고요"로 이루어진 "소통의 밀어"를 통해 늪이 전하는 "행간도 쉼표도 없는 서사시"에 '비운 마음'의 눈과 귀를 열 뿐이다. 바로 이 셋째 수에 이르러 '노옹'의 의미가 확실해지는데, 예이츠의 시에서 언급한 '노인들' 가운데 한 사람이 예이츠 자신이었다면, 김연동 시인의 시에서 '노옹'은 우포늪 그 자체를 가리키는 것일 수 있다. 즉, "속세에 등을 돌린 노옹"은 곧 우포늪에 대한 의인화擬人化로 보아야 할 것이다. 그런 의미에서 보면, 우포늪이라는 세계에 거주하고 있는 동시에 우포늪을 상징하는 초월적이고 영적인 존재가 바로 '노옹'일 수 있겠다. 아무튼, '노옹'으로 상징화된 우포늪이 들려주는 "무언"의 "서사시"에 '비운 마음'의 눈과 귀를 열고 있는 이가 시인이라면, 여기서 우리는 우포늪과 시인 사이의 경계 자체가 무화無化된 것으로 상정할 수도 있을 것이다. 무슨 말인가 하면, 직관적 인식이란 주체가 마음을 비운 가운데 그 마음안에 객체가 들어와 있는 경지 – 즉, 주체와 객체가 '하나'가 되는 경지 – 를 뜻하기 때문이다. 다시 말해, 우포늪과 시인 사이의 경계가 무화됨을 암시하는 것이 「노옹의 나라」일 수 있거니와, 시인은 곧 '노옹'으로서의 우포늪이 되고 '노옹'으로서의 우포늪은 곧 시인이 된 경지일 수 있는 것이다. 그런 의미에서 볼 때, 시인은 곧 '노옹'이고 '노옹'은 곧 시인일 수도 있겠다. 물론 이는 시인의 나이 때문에 따라붙는 소박한 의미에서의 '노옹'이 아니라 초월적 상징으로서의 '노옹'의 경지에 이른 사람이 '시인'이라는 뜻에서 말하는 '노옹'이다.

시집의 제목에 이끌려 먼저 찾아 읽은 「노옹의 나라」는 정녕코 예사롭지 않은 작품으로, 아마도 이 작품 한 편만으로도 김연동 시인의 이번 시집의 존재 가치는 충분하다고 해도 지나친 말이 아닐 것이다. 하지만 이에 못지않게 소중하고 예사롭지 않은 작품들이 시인의 이번 시집『노옹의 나라』를 장식하고 있는 것도 사실이다. 아무튼, 시집의 구성에 대해서는 약간의 혼란이 있을 수도 있기에 한마디 덧붙이고자 한다. 시인의 이번 시집은 5부로 구성되어 있지만, 이는 '특별한 기준'에 따라 묶인 것이 아니다. 시인이 나에게 밝힌 바에 따르면, "내 마음이 가는 작품들을 앞세우고 나름대로 성격이 비슷하다고 느껴지는 것들을 모으려 했을 뿐"이라고 한다. 이에 "작품을 5부로 나눈 것은 독자가 시인의 마음 길을 따라 시를 읽어 나아가다가 틈틈이 쉬면서 마음 정리할 시간을 갖도록 하기 위한 배려로 보아도 되겠냐"는 나의 물음에 시인은 그것이 바로 자신이 의중에 담고 있던 생각임을 밝혔다. 사정이 그러하기에, 우리의 작품 읽기는 시집의 체제에 구애되지 않은 채 특히 주목해야 할 것으로 판단되는 작품을 여기저기서 뽑아 읽고 검토하는 형식을 취하고자 한다.

승承, 관조와 명상의 시를 찾아서

김연동 시인의 이번 시집에서 「노옹의 나라」에 이어 주목하고자 하는 시는 지난 2018년《정형시학》여름호에 신작시를 모아 발표할 때 선보인 작품이자 이번 시집의 제3부에 수록된 「장벽」이다. 당시 신작시를 발표하면서 '시인의 말'에서 시인은 "독자와 시대와의 소통이 전제되는 시조"의 중요성을 강조한 바 있는데, 이 작품은 바로 이 '소통'의 가능성에 대한 시인의 상념을 담은 것으로 볼 수 있다. 어찌 보면, 앞서 논의한 「노옹의 나라」도 '소통'의 가능성을 노래한 시로 읽힐 수 있거니와, '노옹'으로 의인화된 우포늪이 "서사시"를 쓰는 시인이라면, 이에 마음의 눈과 귀를 열고 있는 독자 혹은 청자聽者가 시인 김연동 자신이라고 볼 수도 있겠다. 아무튼, 시조의 덕목 가운데 하나로 "소통"을 말하던 시인이 「장벽」에서 '소통을 가로막는 비유적인 의미에서의 벽'을 작품의 소재로 삼고 있다. (참고로 말하자면, 이 작품 및 「남천」과 「붉은 이름」에 대한 논의는 시인이 신작시를 발표할 때 내가 덧붙인 작품론의 일부를 다듬고 고친 것이다.)

아마도 벽이 소재가 되고 있는 일화 가운데 우리에게 특히 친숙한 것은 공자의 이야기와 달마의 이야기일 것이다. 『논어論語』의 양화편陽貨篇에 의하면, 공자는 공부를 소홀히 하는 자신의 아들에게 『시경詩經』의 주남周南과 소남召南을 공부했느냐를 묻고는, 이에 무지한 것은 '담장을 정면으로 마주하고 있는 것' – 즉, '정장면正牆面' – 과 다름없다는 훈계를 했다 한다. '알아야 면장免牆'이라는 말은 이같은 일화에서 나온 것으로, 공부를 해야 벽이나 담벼락을 마주하고 있는 것과 같은 상황을 면할 수 있다는 뜻을 담고 있다. 요컨대, 공자의 말에서 벽은 답답하고 막막한 상황을 암시한다. 한편, 달마는 인도에서 중국으로 와서 선불교를 전한 것으로 일컬어지는 전설적인 인물로, 역시 전설이긴 하지만 그는 숭산의 소림사 뒤편의 바위동굴에 들어가서 9년 동안 벽을 마주한 채 참선을 한 끝에 마침내 깨달음에 이르렀다 한다. 이때의 벽은 극복의 대상으로서의 의미를 갖는 것으로 정리할 수 있으리라.

김연동 시인의 「장벽」에 등장하는 "장벽"은 이상의 두 이야기에 등장하는 벽과 크게 다르지 않다. 말하자면, 답답하고 막막한 상황을 암시하는 동시에 극복의 대상을 암시하는 것이 이 시가 소재로 삼고 있는 "장벽"이다. 우선 이 시를 함께 읽기로 하자.

금 가고 틈이 나면 그것은 눈짓이다

바람이 왔다 가고 햇볕도 들다 가고,

마음을 열고 싶다는 열망의 손짓이다
　　－「장벽」 전문

단시조 형식의 이 작품에서 시인은 제목이 암시하듯 "장벽"과 마주하고 있다. 이때의 "장벽"은 물론 답답하고 막막한 상황 또는 극복해야 할 대상을 암시하는 것일 수 있다. 아울러, "장벽"은 또한 소통 또는 관계 맺기나 교류를 가로막는 실체로서의 벽일 수도 있다. 공자의 가르침을 따르자면, 어떻게 해서든, 예컨대, 열심히 공부함으로써 벽과 마주한 현재의 상황에서 벗어나야 할 것이다. 다시 말해, 벽을 피하거나 우회할 방도를 찾아야 할 것이다.

하지만 시인의 선택은 달마 쪽으로 기울어져 있는 것처럼 보인다. 즉, 시인은 벽과 마주한 현재의 상황을 피하려 하지 않는다. 다시 말해, "장벽"을 향한 자신의 눈길을 거두지 않는다. 그런 그의 눈길을 끄는 것이 있으니, 그것은 바로 "장벽"의 "금"과 "틈"이다. 마치 달마의 눈길이 벽을 관통하여 그를 깨달음의 세계로 이끌었듯, "금"과 "틈"은 미래의 어느 순간에 "장벽"에 구멍을 내거나 무너뜨림으로써 시인을 저 너머의 세계로 인도할 것이다. 이로써 답답하고 막막한 상황에서 벗어나 저 너머의 세계와 소통과 교류가 이루어지고 관계 맺기가 가능해질 것이다. 시인이 이 "금"과 "틈"을 "마음을 열고 싶다는 열망의 손짓"과 "눈짓"으로 이해하는 연유는 여기에 있다.

어찌 이 같은 "눈짓"과 "손짓"을 외면한 채 장벽과 마주한 상황을 피하거나 우회하는 것만을 능사로 여길 수 있겠는가. 어찌 눈앞의 답답한 상황을 면하는 것이 최상의 해결책일 수 있겠는가. 그렇게 하는 것이 최상의 해결책일 수 없음을 주장하듯, 시인은 장벽을 마주한 채 자신의 눈길을 장벽 자체에 집중한다. 그럼으로써 마침내 시인은 "금"과 "틈"으로 "바람이 왔다 가고 햇볕도 들다 [감]"을 감지한다. 아마도 시인은 이 같은 "금"과 "틈"이 넓어지고 마침내 "장벽"에 구멍을 내거나 무너뜨려 저편의 세계와 마주할 때까지 눈길을 거두지 않을 것이다. 마치 달마의 면벽참선이 9년이나 이어졌듯, 그의 관벽觀壁은 쉽게 끝나지 않을 것이다. 따지고 보면, 시인이라는 존재는 달마의 눈길과도 같은 직관과 초월의 눈길로 세상을 끈기 있게 응시하고 이해함으로써 인간사의 오묘한 진리에 이르고 또 이를 말하는 이가 아니겠는가. (그것은 바로 앞서 말한 플로티노스가 추구한 '인식의 길'이기도 하다.)

달마의 면벽참선에 관한 흥미로운 논점 가운데 하나는 달마가 벽을 보고 있는 것이냐 벽이 달마를 보고 있는 것이냐의 문제일 것이다. 어찌 보면, 달마의 면벽참선 과정은 '달마가 벽을 보는 일'과 '달마가 벽이 되어 달마 자신을 보는 일'이 동시에 일어나는 과정일 수 있겠다. 이를 세속적인 인식과 이해의 차원에서 다시 정리해 보자. 누군가가 대상을 관찰하고자 하는 경우, 이때의 관찰이 진정으로 의미 있는 것이 되기 위해서는 단순히 대상에 대한 일방적인 관찰로 끝나서는 안 된다. 달마의 경우가 보여주듯, 관찰자는 궁극적으로 관찰 대상이 되어야 하고 관찰 대상은 곧 관찰자가 되어야 한다. 요컨대, 앞서 「노옹의 나라」와 관련하여 논의했듯, 마음을 비워 주체와 객체가 '하나'가 되어야 한다.

하지만 시적 명상이란 여기서 끝날 수 없는 것이니, 한

걸음 더 나아가 '관찰 대상'(객체)의 입장에서 '자신'(주체)에 대한 관찰을 수행해야 할 것이다. 다시 말해, 대상에 대한 모든 의미 있는 관찰은 궁극적으로 자신에 대한 관찰이 되어야 한다. 즉, 자기 성찰이 함께해야 한다. 사실, 이 같은 논리는 달마에게만 적용되는 것이 아니라, 시인이라면 누구에게나 적용되는 것이기도 하다. 앞서 논의한 「노옹의 나라」에 기대어 말하자면, 우포늪과의 소통을 위해 시인은 우포늪을 마주하고 있는 차원을 벗어나 스스로 우포늪이 되고, 우포늪의 입장에서 자기 자신을 관찰하는 이른바 자기 성찰의 경지에 이르러야 한다. 「노옹의 나라」에서 "때 묻은 영혼"이란 시구가 소중한 이유는 여기서 찾아야 할 것이다. 이는 시인이 자신의 현재 모습에 대한 성찰도 멈추지 않고 있음을 암시하기 때문이다. 아무튼, 김연동 시인은 대상을 향한 관조와 인식 그리고 주체와 객체 사이의 '소통'이 일상의 삶에서도 이루어질 수 있음을 그의 시 세계에서 보여주고 있거니와, 이와 관련하여 특히 주목해야 할 작품이 지난번의 신작시 발표 때에도 소개되었고 이번 시집의 제1부에 수록된 「남천」이다.

키 큰 굴뚝들이 초병처럼 지켜 섰다
노을이 묻은 은발 바람에 흩날리며

지난 생 거슬러 가듯
남천을 따라간다

거닒길 언저리에 밝게 핀 민들레꽃
그 속내 짚어보면 정화淨化의 꽃자리라,
나 저리 누구를 위해
꽃이 된 적 있었던가

낮추어 흐르는 강, 가다 서다 돌아본다
저 강물 자정自淨하며 바다를 열고 가듯
덧칠한 화장 지우고
물같이 가야겠다
　－「남천南川」전문

　시인에 따르면, "남천"은 "창원공단 사이를 흐르는 작은
강"이다. 창원의 남천은 공장의 폐수 방출로 인해 때로 뉴
스의 초점이 되기도 하지만, 그 주변에 산책로가 잘 조성
된 도심 속 휴식의 공간으로 알려져 있기도 하다. 추측건
대, 창원에 거주하는 김연동 시인은 어느 날 남천 주변으
로 산책을 나갔을 것이다. 그리고 그때의 감흥을 세 수의
단시조로 이루어진 연시조 형식의 작품으로 정리한 것이

「남천」일 것이다. 먼저 첫째 수에서 시인의 눈길은 "키 큰 굴뚝들이 초병처럼 지켜 [서]" 있는 원경遠景을 향한다. 이어서 시인은 "노을이 묻은 은발 바람에 흩날리며" 강을 따라 걸음을 옮기는 자신의 모습을 객체화한다. 마치 "굴뚝들"이 "초병"의 눈길로 시인을 지켜보기라도 하듯. 바로 여기서 우리는 '시인이 바라보는 굴뚝들'의 모습과 '굴뚝들이 바라보는 시인'의 모습을 함께 상상할 수도 있으리라. 즉, 첫째 수에서 우리는 교차하는 이중二重의 두 눈길을 읽을 수도 있다.

둘째 수에 이르러 시인은 원경을 향하던 눈길을 거두어 근경近景으로 향한다. 즉, 시인은 "거님길 언저리에 밝게 핀 민들레꽃"에 눈길을 주고 있다. 둘째 수의 중장에서 시인이 암시하듯 민들레는 토양과 대기의 중금속을 흡수하는 정화 기능을 지닌 식물로 알려져 있다. 또한 민들레는 인간의 신체 기능을 정화하는 약제로 사용되기도 하는데, 이런 면에서도 민들레꽃은 "정화의 꽃자리"라 할 수 있다. 이윽고 종장에 해당하는 부분에 이르러 시인은 묻는다. "나 저리 누구를 위해/ 꽃이 된 적 있었던가." 일종의 자아 반성이 짚이는 이 같은 물음은 물론 시인이 자신을 향해 던지는 자문自問이다. 하지만 이는 또한 시인이 민들레가 되어 시인 자신에게 묻는 질문일 수도 있거니와, 여기서도 우리는 교차하는 눈길을 상정할 수 있을 것이다.

마침내 셋째 수에 이르러 시인은 눈길을 "낮추어 흐르는 강"인 "남천"으로 향한다. 이제 시인은 원경과 근경의 중간에 놓인 강을 "가다 서다 돌아[보고]" 있는 것이다. 정녕코, 인간이 배출하는 엄청난 양의 오물을 받아들여 이를 정화하는 "자정"의 능력을 지닌 것이 강물이다. "저 강물 자정하며 바다를 열고 가듯/ 덧칠한 화장 지우고/ 물같이 가야겠다"는 시인의 다짐에서도 시인의 자아 성찰을 짚어볼 수 있다. 아니, 우리의 논조에 따르면, 이제 시인은 스스로 강물이 되어 "덧칠한 화장"으로 자신의 참모습을 가리고 있던 시인 자신의 모습을 직시하고 있는 것이다.

전轉, 시인의 '엄마'를 노래한 시를 찾아서

김연동 시인의 이번 시집에는 「남천」과 같이 주변의 사물이나 일상의 삶에서 소재를 찾고 있는 작품이 많지만, 그와 삶을 함께하는 사람들, 또는 그에게 시심을 일깨우던 역사적 인물 또는 뉴스의 인물 등을 소재로 한 작품들이 여러 편 있다. 어찌 보면, 이상설 열사의 유허비를 찾았을 때의 감회를 담은 「들꽃」, 가야의 마지막 왕인 구형왕에 대한 상념을 담은 「이 어찌 능이리오」, 소리꾼 유성준과 이선유를 추모하는 「소리꾼」, 손자를 소재로 한 「별난꽃」, 칠십 평생 개펄로 나가는 할머니와 아흔한 살의 할머니 광주댁이 등장하는 「개펄 삽화」와 「광주댁」, 시인의 아내의 마음을 엿보게 하는 「황혼 근처」, 조선시대의 선비 왕방연의 슬픔을 일깨우는 「그날」이 이에 해당한다. 이뿐만이 아니라, 여행시이기도 한 「야자수 그늘 아래」와 「솔제니친」, 또한 난민선에 몸을 실었다가 물에 빠져 숨진 채로 발견된 시리아의 세 살짜리 아기를 애도하는 시 「에이란 쿠르디」 등도 모두 사람을 소재로 한 작품들이다. 하지만 이와 함께 묶일 수 있는 작품 가운데 특히 우리의 눈길을 끄는 것은 시인의 '엄마'에 관한 작품이다. 먼저 지난번의 신작시 발표 때에도 소개되었고 이번 시집의 제4부에 수록된 다음 작품에 눈길을 주기 바란다.

치마폭에 받아넘긴 모진 날들 얼맙니까
저리고 아린 가슴 눈물을 훔치시다
"사는 게 미안하다"는
그 말씀 못입니다

열다섯 시집와서 여든 해를 넘긴 지금

"외로이 지킨 병상 떠나고 싶다"시며
천만근 삶의 무게를
힘겨워하십니다

저리도 애절한 삶 소쩍새 울음 같아
엄마, 우리 엄마 붉은 이름 불러보면
"다 그리 사는 거지 뭐"
고개 가만 돌립니다
　－「붉은 이름」 전문

　당연한 말이겠지만, 자식 가운데 자기 존재의 근원이자 오늘날의 '나'를 있게 한 근원이 부모임을 자각하지 않는 사람은 없고, 또한 자식을 자신의 분신으로 여기지 않는 부모도 없다. 이로써 부모와 자식은 '둘'이 아닌 '하나'의 존재다. 하지만 바로 이 때문에 부모에 대한 자식의 시나 산문은 종종 '감상적인 것'이 되기 쉽다. 이와 관련하여, 시인은 감상으로 빠질 위험을 경계하려는 듯, 각 수마다 '엄마'의 "말씀"을 중심으로 하여 시상을 전개하고 있음에 유의해야 할 것이다. 즉, 인간 세상의 갖은 풍파를 다 거치고 이제 삶을 초극한 상태에서 '엄마'가 자식에게 건네는 차분하고 고요한 "말씀"이 각 수마다 등장하는데, "사는

게 미안하다"와 "외로이 지킨 병상 떠나고 싶다"와 "다 그
리 사는 거지 뭐"가 이에 해당한다.

　물론 「붉은 이름」은 '엄마'의 "말씀"만으로 이루어진 작
품이 아니다. 제목의 "붉은 이름"이라는 표현 자체가 시인
의 피맺힌 아픔의 마음을 전하고 있지 않은가. 사실 시인
의 아픈 마음과 슬픈 눈길은 작품 곳곳에서 확인된다. 즉,
시인은 '엄마'의 "말씀"을 "못"으로 받아들이기도 하고,
"천만근 삶의 무게를/ 힘겨워하[는]" '엄마'의 모습에 눈
길을 주기도 한다. 또한 "저리도 애절한 삶 소쩍새 울음 같
아/ 엄마, 우리 엄마 붉은 이름 불러보[기도]" 한다. 그럼
에도 불구하고, 이러한 시인의 마음과 눈길이 시인 자신
과 독자를 좀처럼 감상의 늪으로 몰아가고 있다는 느낌을
주지 않는 이유는 무엇일까. 거듭 말하지만, 이를 통제하
고 있는 것이 있기 때문이다. 그것이 무엇인가 하면, 앞서
말했듯 간명하지만 삶에 대한 달관과 체념의 마음을 오롯
이 드러내고 있는 '엄마'의 "말씀"이다. 그런 '엄마'의 "말
씀" 앞에서 제대로 된 자식이라면 아무리 슬프고 아프더
라도 어찌 이를 무절제하게 드러내고 흐트러질 수 있겠는
가. 조신操身의 분위기가 이 시를 지배하고 있기에, 감상의
절제도 짚이는 것이리라.

　아울러, 시집의 제5부에 수록된 「엄마의 성」은 앞서 검

토한 「붉은 이름」 및 제1부에 수록된 「환한 봄꽃」과 함께 '엄마'에 관한 또 한 편의 작품으로, 「엄마의 성」은 「환한 봄꽃」과 달리 「붉은 이름」과 함께 살아생전의 '엄마'를 소재로 한 작품이다. 그 때문인지 몰라도, 「환한 봄꽃」에서는 '엄마'의 이미지가 "환한 봄꽃"과 겹쳐지는 일종의 '상징화'가 시도되고 있다면, 「엄마의 성」은 「붉은 이름」과 마찬가지로 '지금 여기에' 살아 계신 '엄마'의 이미지를 시적으로 형상화하고 있다. 아무튼, 한 여인이 살아온 신산辛酸한 삶을 더할 수 없이 간명하고 효과적으로 응축하고 있다는 점에서 「엄마의 성」은 또 한 편의 예사롭지 않은 작품이다. 이제 이 작품을 함께 읽기로 하자.

어느 강굽이에 이런 생이 있었을까 어느 언덕 위에 이런 성이 또 있을까 당신이 받든 하늘은 언제나 잿빛이었다

치마폭 다 닳도록 핏줄 받아 추스르며 한 남편 두 아내가 엮어낸 시집살이 뼈 깎는 구십칠 년을 어찌 다 이르리까

창밖에 눈을 돌려 애먼 기침 하시다가 증손의 손을 당겨 가만히 쥐시고는 "언제 또 보겠느냐"며 애써 미소 지으신다

생솔 타는 연기보다 더 맵고 아리다던, 헝클린 머리맡
에 뜨는 해도 어둠이던, 그 성 안 이고 진 시간 풀 수 없는
짐이었나

     −「엄마의 성城」 전문

이 시와 마주한 독자는 아마도 "한 남편[의] 두 아내"라
는 구절에 이르러 이 말이 의미하는 바가 무엇인지에 의
문을 갖지 않을 수 없을 것이다. 나 역시 그런 의문으로 인
해 시인에게 문의했더니, 시인은 자신에게 "두 모친이 계
셨는데, 한 분은 '어머니'였고, 한 분은 '엄마'였다"고 했
다. 하기야 결혼한 성년의 남성과 여성 가운데 두 모친이
있지 않은 이가 어디 있겠는가. 그리고 요즘의 언어 관습
에 의하면 사람들은 '나'를 낳고 길러주신 모친을 '엄마'
라 부르고, 남편이나 아내의 모친을 '어머니'라 부르곤 한
다. 하지만 시인이 여기서 말하는 '어머니'는 아내의 모친
이 아니고 아버지의 "두 아내" 가운데 한 분이셨던 것이
다. 요컨대, 누구든 쉽게 드러내기를 꺼리는 가족사의 한
단면을 시인은 스스럼없이 시적으로 형상화하고 있는 것
이다. 아마도 시인은 이제 그런 배포를 지닐 나이가 되었
기 때문이리라. 아무튼, '엄마'가 살아온 삶이 "시집살이"

였다면 시인의 '엄마'는 아버지의 '둘째 부인'이었을 것이다. 이로써 우리는 시인이 「붉은 이름」에서 말하는 '엄마'의 "치마폭에 받아넘긴 모진 날들"이 의미하는 바가 무엇인지도 선연히 감지할 수 있게 된다. 어찌 그런 '엄마'의 삶이 "어느 강굽이에"도 없는 "생"이 아닐 수 있고, "어느 언덕 위에"도 없는 "성"이 아닐 수 있겠는가. 그리고 어찌 "당신이 받든 하늘은 언제나 잿빛"이 아닐 수 있었겠는가.

　네 수의 단시조를 행 나눔 없이 제시한 위의 작품은 네 수 자체가 기승전결의 구도를 이루고 있거니와, 첫째 수와 둘째 수가 '기'와 '승'의 구도를 이루고 있다면, '엄마'가 살아온 신산한 삶에 가슴 아파하면서 '지금 여기 이곳'의 '엄마' – 즉, "증손의 손을 당겨 가만히 쥐시고는" "애써 미소 지으[시는 엄마]" – 에게 시인이 눈길을 주고 있음을 암시하는 셋째 수는 '전'에 해당한다. '결'에 이르러 시인은 다시 '엄마'가 살아온 삶을 새로운 언어로 요약하되, 그 차원이 다르다. 이와 관련하여, 첫째 수에서 '엄마'의 삶에 대한 시인의 상념이 "강굽이"와 '언덕의 성' 등 '원경遠景의 차원'에서 이루어지고 있는 것과 달리, '지금 여기 이곳'에 살아 계신 '엄마'에게 눈길을 주는 것을 기점으로 하여 시인의 상념이 '근경近景의 차원'에서 이루어지고 있음을 주목하기 바란다. 어찌 보면, "생솔 타는 연기보다 더

119

맵고 아리다던, 헝클린 머리맡에 뜨는 해도 어둠이던, 그 성 안 이고 진 시간 풀 수 없는 짐"이라는 시구 자체는 원경의 차원에서 표현하기 어려운 '엄마'의 신산한 삶을 구체화하여 드러내는 효과를 지닌다고 할 수 있겠다. 앞서 논의한 작품 「남천」이 그러하듯, 이 작품의 묘미는 이처럼 시인의 눈길이 원경에서 근경으로 이동하고 있다는 데서 찾을 수 있거니와, 영상예술인 영화의 기법 가운데 하나인 '클로즈-업'을 언어예술인 시에서 시도한 예로 볼 수도 있으리라. 이로써 "뼈 깎는 구십칠 년"의 삶에 대한 '요약'을 시도하면서도 그것이 여전히 단순한 요약을 넘어선 그 무엇 – 이른바 '입체감'을 지닌 생생한 그 무엇 – 이라는 느낌을 살리고 있는 것이다.

이제 시인의 '엄마'에 관한 시 「붉은 이름」과 「엄마의 성」에 대한 작품 읽기를 종합할 때가 되었다. 이 두 작품에서 감지되는 시인의 시적 기도企圖가 무엇이었든 우리가 유념해야 할 것은 '엄마'의 마음과 시인의 마음 사이에 거리가 좀처럼 감지되지 않는다는 점이다. 예컨대, 「붉은 이름」에서 "저리고 아린 가슴 눈물을 훔치[다]"와 "천만근 삶의 무게를/ 힘겨워하[다]"는 '-시-'라는 존칭 어미 때문에 어머니에 대한 묘사로 우선 읽히지만, 그 자체가 시인의 마음을 투사한 것으로 읽힌다. '저리고 아리다'와 '힘겨워하다'는 명백히 '엄마'와 시인 사이에 이심전심以心傳心이 이루어지고 있기에 가능한 진단일 것이다. 한편, 셋째 수의 "고개 가만 돌[리다]"에는 존칭 어미가 사용되고 있지 않아 우선 시인의 행위로 읽히지만, 가만히 짚어보면 이는 또한 '엄마'의 행위로 읽히기도 한다. 이처럼 '엄마'의 마음과 시인의 마음이 따로 나뉘어 있지 않음을 행간에서 읽게 하는 시가 「붉은 이름」이다. 「엄마의 성」의 경우, 첫째 수의 "당신이"를 '내가'로 바꾸고 셋째 수의 존칭 어미들을 생략하면, 작품을 이루는 시적 진술 전체가 '엄마' 자신의 것으로 보아도 무방할 정도다. 다시 말해, 시인의 시적 진술은 곧 '엄마'의 시적 진술로 읽히기도 한다. 어찌 '엄마'의 마음과 시인의 마음이 따로 나뉘어 있다고 할 수 있겠는가. 엄마를 향한 시인의 지극한 마음이 둘 사이의 경계 자체를 무화한 것은 아닐지? 그런 의미에서 주체와 객체 사이의 경계가 무화되는 인식의 경지가 둘 사이에 가능했던 것은 아닐지? 하기야 라캉의 정신분석학에 기대어 이해하지 않더라도 '엄마'와 갓 태어난 아기는 '전일체全一體'로 존재함은 자명한 사실이 아니겠는가. 아기가 성장함에 따라 둘 사이는 분화하지만 자식을 향한 '엄마'의 마음이나 '엄마'를 향한 자식의 마음은 한결같은 것일 수도 있다. 그처럼 둘 사이에 경계가 따로 존재하지 않는 위치에서 엄마의 마음과 자식의 마음이 '하나'임을 드러낼 듯 숨기고 숨길 듯 드러내고 있는 작품이 다름 아닌 「붉은 이름」과 「엄마의 성」인 것이다.

결結, 작은 것들의 소중함을 노래한 시를 찾아서

김연동 시인의 여느 시집에서도 예외가 아니었지만, 이번 시집에도 우리가 여전히 각별히 눈여겨보아야 할 것이 있다. 이는 누구도 마음의 눈과 귀를 주지 않을 법한 작고 소소한 것들에게 시인이 언제나 그러했듯 마음을 열어놓고 있다는 사실이다. 일상의 삶을 살아갈 때든 또는 국내든 국외든 어디론가 여행을 떠나 머물 때든, 시인은 작고 소소한 것들에게 항상 마음의 눈과 귀를 열어놓고 있는 것이다. 이 같은 우리의 판단에 이렇게 묻는 사람도 있을 것이다. 그런 시인이 어찌 하나둘이겠는가. 물론 그것이 사실이긴 하지만, 김연동 시인의 마음에서는 무언가 다른 것이 짚이는데, 그것은 바로 앞서 우리가 이야기한 대상과 '나' 사이의 거리가 무화되는 경지는 일상의 삶 어느 때에도 가능할 수 있음을 보여준다는 점이다. 이 같은 김연동 시인 특유의 시적 암시가 특히 선명하게 짚이는 작품

은 제2부에 수록된 「풀꽃」일 것이다. (어찌 보면, 이는 「남
천」에서 시인이 민들레꽃에게 주었던 바로 그 눈길이 확인되는
작품이기도 하다.)

　　작은 풀꽃들의 가는 몸짓 바라보다
　　허리를 구부리고 눈높이 맞춰가며
　　밀어蜜語를 속삭이듯이
　　눈빛을 건네보네

　　노루귀 참별꽃이 수줍게 고개 들고
　　시든 내 얼굴도 꽃인 듯 쳐다보는
　　티 없이 해맑은 미소
　　한나절을 들뜨네
　　　－「풀꽃」전문

　시인의 눈길은 "작은 풀꽃들의 가는 몸짓"을 향한다. 그
것도 "허리를 구부리고 눈높이 맞춰가며." 사실 어느 시인
이나 마음을 끄는 꽃을 보면 그렇게 하게 마련이리라. 또
한 "밀어를 속삭이듯이/ 눈빛을 건네보[는]" 행위도 김연
동 시인에게만 해당하는 것이 아닐 것이다. 문제는 둘째
수에서 시인이 꽃과 시인 사이의 경계를 무화하고 있다는

데 있다. "노루귀 참별꽃이 수줍게 고개 들고/ 시든 내 얼굴도 꽃인 듯 쳐다[본다]"니! 이로써 시인은 '꽃'에게 '내'가 '꽃'이 되었음을, '나'에게 '꽃'이 '내'가 되었음을 암시하고 있지 않은가! 거듭 말하지만, 이처럼 '내'가 '꽃'이 되고 '꽃'이 '내'가 되는 경지야말로 주체와 객체의 경계가 무화된 "최고의 직관적 인식"의 경지이자 선불교의 시조인 달마가 추구하고자 했던 선禪의 경지가 아니겠는가. 아무튼, '꽃'과 '내'가 '하나'가 되는 경지를 체험했으니, 어찌 시인의 마음이 "한나절을 들뜨[지]" 않을 수 있겠는가.

최고의 직관적 인식을 지향하든 또는 선의 경지를 추구하든 이에 이르기 위한 선결 조건은, 이미 앞서 여러 차례 암시했지만, '나 자신'을 버리고 '무아無我의 경지'에 이르는 것이다. 이 같은 경지를 서양의 대표적인 선험철학자 에드문트 후썰Edmund Husserl의 용어를 빌려 말하자면, "사적 자아das persönliche Ich"나 "경험적 자아das empirische Ich"를 극복함으로써 "직관적 순수die eidetische Reinheit"의 경지에 이르는 것으로 정리할 수도 있겠다. 결국 궁극적으로 문제가 되는 것은 '나를 없애는 일'이다. 감히 말하건대, 이처럼 '나'를 없앤 끝에 비로소 이를 수 있는 시적 인식의 경지가 현실적인 일상생활에서도 가능하다면, 이를 보여주는 것이 앞서 논의한「풀꽃」이라고 할 수 있으리라.

따지고 보면, 김연동 시인에게든 누구에게든 무아의 경지 또는 직관적 순수의 경지에 이르는 일이 말처럼 쉬운 일이 아니다. 어찌 마음을 비우려는 마음까지도 비워야 비로소 이를 수 있는 무아의 경지가 쉬운 것일 수 있겠는가. 하지만 운동선수가 몸의 긴장을 풀듯 시인이 '마음의 긴장'을 풀면, 김연동 시인의 「풀꽃」이 증명하듯 이는 우리가 상상하는 만큼 지난至難한 고행의 과정이 아닐 수도 있다. 하지만 어떻게 '마음의 긴장'을 풀어야 하는가. 김연동 시인의 이번 시집에는 이 문제와 관련하여 일종의 길잡이로 보이기도 하는 수수께끼 같은 작품이 있는데, 이는 바로 제3부에 수록된 「적막강산」이다.

흰 구름 검은 구름
일었다가 쓸려 가고

수만 겹 벽을 치는
풀무치 울음소리

먼 사가私家
도마질 소리,
귀를 막고

눈을 감네

　-「적막강산 - 장전수련원에서」전문

　경상남도 합천군 장전리에는 청소년들을 위한 시설인 아영 수련원이 있다. 추측건대, 어떤 이유에서든 김연동 시인은 그곳에 잠시 머물게 되었던 것이리라. 수련원 안의 어딘가에 자리하고 있는 시인의 눈과 귀에는 "흰 구름 검은 구름/ 일었다가 쓸려 가[는]" 것이 보이고, "수만 겹 벽을 치는/ 풀무치 울음소리"가 들린다. 이처럼 "흰 구름[과] 검은 구름"과 "풀무치 울음소리"에 눈과 귀를 열어 놓고 있던 시인의 귀에 문득 "먼 사가[의]/ 도마질 소리"가 들린다. 이에 시인은 "귀를 막고/ 눈을 감[는다]." 시인의 이 같은 행위는 "먼 사가[의]/ 도마질 소리" 때문일까. 아니면, "흰 구름[과] 검은 구름"이, "풀무치 울음소리"가, "먼 사가[의]/ 도마질 소리"가 모두 시인에게 "귀를 막고/ 눈을 감[게]" 한 것일까. 시행의 배치와 시어의 진행에 비춰 보면, 전자의 이해가 타당한 것처럼 보인다. 하지만 기승전결의 구조에 대입하는 경우, 후자의 이해도 배제할 수 없다. 아울러, 귀를 막는 것이야 도마질 소리 때문일 수 있겠지만 그 때문에 눈을 감기까지 할 것이야 없지 않은 가. 아무튼, 시인은 자연의 소리든 인간의 소리든 또는 자연의 형상이든 인간의 소리가 연상케 하는 인간 삶의 형상이든 그 모든 것을 향해 귀를 막고 눈을 감는다. 이는 물론 뒤에 남겨두고 떠나온 집과 가족 또는 친구들과 어서 다시 함께하고 싶은 시인의 마음을 부추기는 모든 것을 향한 귀 막음과 눈 감음일 수도 있겠지만, 달마의 면벽수행을 연상케 한다는 점에서, 「적막강산」이 암시하는 것은 참다운 시적 인식의 경지에 이르기 위한 시인 자신의 정신적 수련 과정을 암시하는 것으로 읽히기도 한다.

거듭 말하지만, '꽃'이 '내'가 되고 '내'가 '꽃'이 되는 경지에 이르기 위해 '마음의 긴장'을 푸는 일조차 말처럼 쉬운 일은 아닐 것이다. 하기야 최고의 시적 경지란 최고의 시적 경지에 이르고자 하는 욕심으로 인해 좌절되기 십상이 아닌가. 따지고 보면, 시인도 세속적인 영예와 명성의 유혹에서 자유로울 수 없는 존재인 이상 최고의 시를 창작하여 이름을 떨치고자 하는 염원이나 욕심에서 좀처럼 벗어나기 어렵고, 그렇기에 '마음의 긴장'을 푸는 일은 결코 쉬운 일이 아닐 수도 있다. 어찌 자기와의 싸움이, 그리고 고뇌와 좌절이 없을 수 있겠는가. 김연동 시인이 제4부에 수록된 작품인 「가을 한때」에서 "쓸고 불고 닦아내도 지울 수 없는 흔적/ 얼마를 더 비워야만/ 단풍같이 물이 들까"를 자문하고 있는 것은 이러한 정황과 무관한 것이 아닐 수도 있으리라.

　이제 나의 논의를 마감할 때가 되었다. 김연동 시인에게 거듭 바라노니, 대상 앞에서 마음을 비우는 가운데 세상과 시인이 '하나'가 되는 경지 – 그러니까 "최고의 지관적 인식"의 경지 – 를 향한 시적 시도에 여일하게 마음의 눈과 귀를 열기를!